길게 말해야 하는 순간
비즈니스맨 영어스피치
롤플레이&문제 상황을 해결하는 스피치

KB178040

길게 말해야 하는 순간
비즈니스맨 영어스피치
롤플레이&문제 상황을 해결하는 스피치

발　행 | 2019년 5월 25일
저　　자 | 김지완
펴낸이 | 한건희
펴낸곳 | 주식회사 부크크
출판사등록 | 2014.07.15.(제2014-16호)
주　소 | 서울특별시 금천구 가산디지털1로 119 SK트윈테크타워 A동 305호
전　화 | 1670-8316
이메일 | info@bookk.co.kr
ISBN | 979-11-272-7317-0

www.bookk.co.kr

길게 말해야 하는 순간
비즈니스맨 영어스피치
롤플레이&문제 상황을 해결하는 스피치

김지완 지음

비즈니스맨은 항상
길게 말할 준비가 되어 있다
Role-Playing & Problem Solving
롤플레이 & 문제상황 해결

사례를 주고 시연해보는 식의 프레젠테이션 질문이나 구체적인 문제 상황을 제시하고 어떻게 해결할지를 설명하는 난이도가 높은 상황을 제시했습니다. 우리말로 답한다고 해도 생각을 깊이 해서 답해야 할 정도로 어렵습니다.

그러나 중요한 것은 당황해서 스피치 자체를 망치지 않고 의연하게 설명하는 모습입니다. 그것이 프로 비즈니스맨 다운 모습이죠. 표현이나 문장이 생각나지 않을 수도 있는데 그럴 때는 멈춰 있지 말고 생각을 유도할 수 있는 말이라도 하는 것이 좋습니다. 이런 임기응변 역시 영어 말하기 능력임을 잊지 마세요.

CONTENTS

롤플레이 & 문제상황 해결

비즈니스
실전 스피치

영업 상황 시연 1 (카메라)
회사의 영업사원이라고 가정하고 고객에게 제품을 팔아봅시다.

For the best photos to upload on your Facebook or tweet, get the new ABC camera.

Photos taken using the ABC's high definition camera are so clear and beautiful that you'll feel just like a professional photographer.

Since it is durable, you will never have to worry about damaging our camera again.

회사의 영업사원이라고 가정하고 고객에게 제품을 팔아봅시다.

페이스북에 올리고 트윗할 최상의 사진을 원하신다면 새로운 ABC 카메라를 장만하세요.

ABC의 고화질 카메라로 찍은 사진들은 무척이나 선명하고 아름다워서 전문 사진가가 된 듯한 기분이 드실 겁니다.

내구성이 강해 다시는 사진기가 망가질까 걱정하실 필요가 없을 것입니다.

영업 상황 시연 2 (여행가방)
회사의 영업사원이라고 가정하고 고객에게 제품을 팔아보세요.

Let us make your trip easier with our new lightweight suitcases.

Our newest suitcases are the lightest on the market, and they're durable and strong.

As a bonus, the first 100 people to purchase our new suitcases online will receive a leather briefcase for free.

회사의 영업사원이라고 가정하고 고객에게 제품을 팔아보세요.

저희의 가벼운 여행가방은 여러분이 여행을 보다 쉽게 다녀오실 수 있게 해드립니다.

저희 최신 여행가방은 시중 제품 중에 가장 가볍고 내구성이 좋고 튼튼합니다.

게다가 온라인으로 신제품 여행가방을 구매하시는 선착순 100분께 가죽 서류 가방을 무료로 드립니다.

영업 상황 시연 3 (소프트웨어)
회사의 영업사원이라고 가정하고 고객에게 제품을 팔아보세요.

Good afternoon and welcome to the launching show for the Software K-1.

This program has many important features that will give us better control over the effects in our recordings.

But it shouldn't take you too long to get used to.

회사의 영업사원이라고 가정하고 고객에게 제품을 팔아보세요.

안녕하세요. 소프트웨어 K-1 런칭쇼에 오신 것을 환영합니다.

이 프로그램은 녹음 효과를 쉽게 조절할 수 있는 여러 중요한 기능들을 갖추고 있습니다.

그러나 사용법을 익히는 데 그리 오래 걸리지는 않을 것입니다.

영업 상황 시연 4 (진공청소기)
회사의 영업사원이라고 가정하고 고객에게 제품
을 팔아보세요.

I will introduce ABC's latest product, the
ABC-1 hand-held vacuum cleaner.

It's lightweight and very affordable
compared to most other vacuum cleaners in
the market.

In addition, this vacuum cleaner contains
sensors that detect the amount of dust and
type of floor.

회사의 영업사원이라고 가정하고 고객에게 제품을 팔아보세요.

ABC사의 신제품 ABC-1 소형 진공청소기를 소개하겠습니다.

시장의 여타 진공청소기보다 가벼운데다 가격도 매우 적절합니다.

게다가 이 청소기는 먼지의 양과 바닥 유형까지 탐지할 수 있는 센서가 장착되어 있습니다.

영업 상황 시연 5 (종이 타월)
회사의 영업사원이라고 가정하고 고객에게 제품을 팔아보세요.

You will be interested in ABC's paper products for your restaurants.

Our products are more expensive than less environmentally friendly brands, but it will help you cut costs in other ways.

For example, our paper towels are extra absorbent, which means you will go through fewer ABC paper towels than competitors' products.

회사의 영업사원이라고 가정하고 고객에게 제품을 팔아보세요.

고객님 식당에 ABC 종이 제품을 사용하고 싶으실 겁니다.

저희 제품은 환경 친화성이 떨어지는 타 브랜드보다 비쌉니다만 다른 방면에서 비용을 절감해 줄 것입니다.

예를 들면 저희 종이 타월은 흡수력이 엄청나서 경쟁 업체 제품보다 소모량이 적습니다.

영업 상황 시연 6 (사무용품)
회사의 영업사원이라고 가정하고 고객에게 제품을 팔아보세요.

Please find a new website that sells office supplies.

Our website offer pretty good prices, and for the next 2 months, we are offering a 10% discount on all products.

If you buy in bulk, we will give you an additional 5% off the price.

회사의 영업사원이라고 가정하고 고객에게 제품을 팔아보세요.

사무용품을 판매하는 새로운 웹사이트를 보십시오.

저희 웹사이트는 정말 좋은 가격을 제공하고 앞으로 두 달간 모든 제품들에 대해서 10% 할인을 제공할 것입니다.

대량으로 구입하시면 그 가격에서 추가로 5% 할인해드립니다.

영업 상황 시연 7 (쇼핑몰)
매장이나 사무실 중 한 곳에서 일하고 있다고
가정하고 서비스에 대해 고객들에게 설명해보세
요.

1-Street's is known not only for great deals
but also for its excellent customer service.

For 20 years, many of you have been
coming back to shop with us because of
that commitment to great service.

Come see our recently remodeled store in
the heart of the city's shopping district and
get more of the great service you've come
to expect from 1-Street's.

매장이나 사무실 중 한 곳에서 일하고 있다고 가정하고 서비스에 대해 고객들에게 설명해보세요.

1번가는 좋은 가격뿐 아니라 훌륭한 고객 서비스로 유명합니다.

20년 동안 뛰어난 서비스 때문에 많은 분들이 쇼핑하러 찾아주셨습니다.

도심 한복판 쇼핑 거리에 최근 새로 단장한 매장에 들르셔서 1번가에서 기대하시는 보다 훌륭한 서비스를 받아보시길 바랍니다.

영업 상황 시연 8 (경영 컨설팅)
매장이나 사무실 중 한 곳에서 일하고 있다고
가정하고 서비스에 대해 고객들에게 설명해보세
요.

ABC is the internationally-renowned
management consultant agency.

We specialize in improving workplace
productivity and employee job satisfaction.

If you call us today, we will outline the
three basic areas to address when
developing a successful reward system.

매장이나 사무실 중 한 곳에서 일하고 있다고 가정하고 서비스에 대해 고객들에게 설명해보세요.

ABC는 세계적으로 유명한 경영 컨설턴트 회사 지향하는 입니다.

저희는 사내 생산성 향상과 직원 만족도 고양을 전문으로 합니다.

오늘 전화 주시면 성공적인 직원 보상 시스템을 개발할 때 고려해야 할 세 가지 기본 분야에 대해 설명해드립니다.

광고 시연 9 (자동차 시트)
회사의 마케팅 직원이라고 생각하고 제품을 위한 광고를 만들어보세요.

Add some color and character to your car seat with a new seat cushion and seat frame from Auto ABC.

We stock only the finest quality car seat from around the world.

Operating this seat is very easy and its price is pretty reasonable.

회사의 마케팅 직원이라고 생각하고 제품을 위한 광고를 만들어보세요.

자동차 시트에 오토 ABC의 새 자동차 시트와 프레임으로 색깔과 특색을 더해보세요.

저희는 전 세계 최고 품질의 자동차 시트만 취급합니다.

이 시트는 조작이 쉽고 가격도 적절합니다.

광고 시연 10 (자동차)
회사의 마케팅 직원이라고 생각하고 제품을 위한 광고를 만들어보세요.

MC wasn't built to look good or overwhelm drivers, but it did.

MC wasn't built to become part of automotive history, but it did.

Luxury is everywhere, but this car's performance is unmatched by anything else on the street.

회사의 마케팅 직원이라고 생각하고 제품을 위한 광고를 만들어보세요.

MC는 멋져 보이거나 운전자를 압도하기 위해 만들어지지 않았지만 그렇습니다.

MC는 자동차 역사의 일부분이 되기 위해 만들어진 것이 아니지만 그렇습니다.

고급스러움은 도처에 있지만 이 차의 성능은 도로에서 필적할 것이 없습니다.

프레젠테이션 시연 11 (회사 소개)
당신이 프레젠테이션에 참석해 있다고 가정하고
회사에 대해 청중들에게 설명해보세요.

Recently, our company, ABC Style, opened a shopping mall in downtown New York.

Growing from a home business in Seoul to opening a shopping mall in one of the busiest cities in the world is a great feat.

ABC Style is best known for its numerous store locations throughout the world.

당신이 프레젠테이션에 참석해 있다고 가정하고 회사에 대해 청중들에게 설명해보세요.

저희 회사, ABC 스타일은 뉴욕 시내에 최근 새로 쇼핑몰을 열었습니다.

서울에서 재택 사업으로 시작해 세계 제일의 번화가에 쇼핑몰 개장에까지 이른 성장은 대단한 과업입니다.

ABC 스타일은 세계에 무수한 지점을 둔 것으로 유명합니다.

프레젠테이션 시연 12 (회사 소개)
당신이 프레젠테이션에 참석해 있다고 가정하고
회사에 대해 청중들에게 설명해보세요.

I'm pleased to announce that we, ABC Motors, will be manufacturing the engines for our new electric automobile.

A new engine plant will be constructed in Vietnam, and production will commence in approximately 4 months.

By manufacturing the engines in this facility, ABC will have a bigger share of the Asian market.

당신이 프레젠테이션에 참석해 있다고 가정하고 회사에 대해 청중들에게 설명해보세요.

ABC 모터스가 신형 전기 자동차 엔진을 제조하게 되었음을 알려드리게 되어 기쁩니다.

새로운 엔진 공장이 베트남에 건설될 것이며 약 넉 달 후에 생산이 시작될 것입니다.

이 시설에서 엔진을 제조함으로써 ABC는 아시아 시장 점유율을 더 높이게 될 것입니다.

프레젠테이션 시연 13 (회사 소개)
당신이 프레젠테이션에 참석해 있다고 가정하고
회사에 대해 청중들에게 설명해보세요.

ABC Market opened the largest shopping
center ever to be built in Seoul.

We continue the momentum we have gained
since introducing Korean distribution system
to the world.

We also have been dedicated to selling
quality retail products in various categories.

당신이 프레젠테이션에 참석해 있다고 가정하고 회사에 대해 청중들에게 설명해보세요.

ABC 마켓은 서울에서 유례 없는 최대 쇼핑 센터를 열었습니다.

한국의 유통 시스템을 세계에 소개한 이래 얻은 성장 동력을 계속 이어가고 있습니다.

또한 다양한 영역의 고품질 제품을 판매하는 데 전념해왔습니다.

프레젠테이션 시연 14 (회사 소개)
당신이 프레젠테이션에 참석해 있다고 가정하고
회사에 대해 청중들에게 설명해보세요.

We are designed for advertising specifically
with the independent business in mind.

Our company works with a variety of media
including newspaper, magazine, and bus
advertisement space.

Also, we've had an overwhelming amount of
success with our online marketing
strategies.

당신이 프레젠테이션에 참석해 있다고 가정하고 회사에 대해 청중들에게 설명해보세요.

저희 회사는 독립적인 사업에 특별히 맞춰진 광고 서비스를 제공합니다.

저희 회사는 신문, 잡지, 버스 광고판 등 다양한 매체를 다룹니다.

또한 온라인 마케팅 전략으로 엄청난 성공을 얻었습니다.

부당한 요구에 대처하는 자세 15
상사가 부당한 것을 하도록 요구할 때 이렇게
하겠습니다.

I think not knowing why he's doing, this makes misunderstanding and makes things worse.

First, I'd go to him and explain why it is unfair or impossible and ask him for his understanding.

After that, I'd try to have a chance to get to know each other's situation and become close to him.

상사가 부당한 것을 하도록 요구할 때 이렇게 하겠습니다.

저는 왜 그러는지 이유를 모르면 오해가 생기고 상황이 더 나빠진다고 생각합니다.

먼저 상사에게 가서 왜 그것이 부당하거나 불가능한지를 설명하고 이해를 구하겠습니다.

그런 다음 서로의 입장에 대해서 알 기회를 갖도록 노력하고 그와 가까워지려고 할 것입니다.

부당한 요구에 대처하는 자세 16
상사가 부당한 것을 하도록 요구할 때 이렇게
하겠습니다.

I believe he wanted it that way for some reasons, so I'd try to figure it out.

If it is difficult to persuade him to give up, I would take the work without any complaints first.

And then, I'd explain my situation to him and ask for him some advice or what exactly he wants.

**상사가 부당한 것을 하도록 요구할 때 이렇게
하겠습니다.**

저는 상사가 그런 일을 하도록 하는 데는 이유
가 있다고 생각하고 그것을 알아보려고 할 것입
니다.

상사를 단념시키는 것이 어렵다면 일단 그 일을
아무런 불평 없이 받겠습니다.

그리고 나서 상사에게 제 입장을 설명하고 조언
을 구하거나 그가 정확히 원하는 것이 무엇인지
를 물어볼 겁니다.

협상 경험 17
합의를 도출하기 위해 조직에서 다른 사람들과
협상을 했던 상황이 있었습니다.

The sales team members had determined
the price of products, but I was afraid the
products might have been priced too high.

We discussed the possible ways of reducing
these prices and I suggested making the
producing process more efficient.

We were able to settle on an achievable
plan that worked for both of us.

합의를 도출하기 위해 조직에서 다른 사람들과 협상을 했던 상황이 있었습니다.

영업팀이 상품 가격을 정했는데 가격이 너무 높게 책정된 것 같았습니다.

우리는 가격을 줄일 방안을 의논했고 저는 공정을 어떻게 하면 더 능률적으로 만들지를 제안했습니다.

저희는 양 팀에 효용이 있는 달성 가능한 기안을 도출할 수 있었습니다.

협상 경험 18
합의를 도출하기 위해 조직에서 다른 사람들과
협상을 했던 상황이 있었습니다.

My boss asked me to meet an unreasonable
deadline to complete a project.

I went through every step that needed to
be taken and figured out how long to take
to complete the project.

Then, I talked to my boss for a more
realistic time line and he accepted it.

합의를 도출하기 위해 조직에서 다른 사람들과 협상을 했던 상황이 있었습니다.

저희 상사가 제게 프로젝트를 터무니없는 마감 일에 맞춰 끝내라고 요구했습니다.

저는 필요한 모든 과정을 검토해서 프로젝트를 끝내는 데 얼마나 걸릴지를 알아봤습니다.

그리고 나서 보다 현실적인 마감 시간에 대해 상사와 상의했고 상사는 받아들여줬습니다.

동기 부여 방법 19
상사로서 팀원들의 협조를 얻어내는 가장 좋은
방법을 설명하겠습니다.

Becoming an effective supervisor is like
playing baseball.

As a supervisor, my attitude is critically
important to my team members, so I would
constantly remind myself that I'm more like
a coach or a manager than a player.

I should establish my authority and set
reasonable standards and limits for the
people I supervise.

상사로서 팀원들의 협조를 얻어내는 가장 좋은 방법을 설명하겠습니다.

효율적인 상사가 되는 것은 야구 경기와 같습니다.

상사로서 저의 태도는 직원들에게 대단히 중요하므로, 지속적으로 선수가 아니라 코치나 매니저임을 인식할 것입니다.

권위를 세워야 하고 관리 직원들에 대해 타당한 기준과 한계를 세워야 합니다.

동기 부여 방법 20
상사로서 팀원들의 협조를 얻어내는 가장 좋은
방법을 설명하겠습니다.

As a supervisor, everything I do will be reflected in the attitude of my staff.

The ability to obtain first-rate performance through others is far more important than any other abilities.

If I'll communicate to the staff that I'm ready, willing, and confident, then I can receive their full support and cooperation.

**상사로서 팀원들의 협조를 얻어내는 가장 좋은
방법을 설명하겠습니다.**

상사로서 제가 하는 모든 것은 직원들의 태도에
그대로 반영됩니다.

다른 사람으로 하여금 최상의 성과를 얻어내는
능력이야 말로 어떤 능력보다 중요합니다.

직원들에게 제가 준비가 되었고 의지가 있고 자
신감이 있음을 보여주면 완전한 지지와 협조를
얻을 수 있습니다.

팀워크 도출 방법 21
상사로서 직원들이 한 팀으로 일할 수 있도록
하기 위한 방법을 설명하겠습니다.

I think I should make team members
understand and agree on goals, objectives,
and priorities.

As a leader, I'd keep the team focusing on
what is truly important and what can be
accomplished.

That includes developing the human side of
teams, resolving conflict productively, and
increasing trust among team members.

상사로서 직원들이 한 팀으로 일할 수 있도록
하기 위한 방법을 설명하겠습니다.

저는 팀원들이 목표와 목적, 우선순위의 일에 대
해 이해하고 동의하도록 만들어야 한다고 생각
합니다.

리더로서 팀이 진짜 중요한 것과 달성 가능한
것에 초점을 맞추도록 유지하겠습니다.

그것은 바로 팀에서 인간적인 면을 발전시키고,
생산적으로 갈등을 해결하고 팀원들간에 신뢰를
높이는 것입니다.

팀워크 도출 방법 22
상사로서 직원들이 한 팀으로 일할 수 있도록
하기 위한 방법을 설명하겠습니다.

I'd take some critical factors for enabling people to work well together and get it done.

First, I would make sure to draw a high degree of trust among team members and resolve conflicts with compassion and humor.

Finally, I would focus on the clarity of team members' job roles and responsibilities.

상사로서 직원들이 한 팀으로 일할 수 있도록 하기 위한 방법을 설명하겠습니다.

사람들이 한 팀으로서 함께 일을 하고 목표를 달성하도록 몇 가지 중요한 방법을 취해야겠지요.

먼저 팀원들간에 높은 신뢰를 이끌어내고 상호 이해와 유머로 갈등을 해결하도록 하겠습니다.

마지막으로 팀원들의 역할과 책임이 명확해지도록 초점을 맞추겠습니다.

팀 내 갈등 조정 23
직원이 다른 사람에 대해 불평을 한다면 리더로서 이렇게 하겠습니다.

I will confront the person stating my expectation that they should communicate directly with individuals.

My response should be, "If you haven't talked to him first, then don't tell me."

Few things can erode the cohesiveness and trust of a team as adversely as team members talking negatively to each other about another team member.

직원이 다른 사람에 대해 불평을 한다면 리더로
서 이렇게 하겠습니다.

개인적으로 만나 직접적으로 대화를 해보라고
그 사람에게 단호하게 얘기할 것입니다.

제 반응은 이럴 것입니다. "그 사람과 먼저 얘기
해보지 않았다면 나한테 얘기하지 말아요."

팀원들이 서로 다른 직원에 대해 부정적인 얘기
를 하고 다니는 것만큼 팀의 응집과 신뢰를 부
정적으로 저해하는 것은 없습니다.

팀 내 갈등 조정 24
직원이 다른 사람에 대해 불평을 한다면 리더로
서 이렇게 하겠습니다.

If my team members are talking about another team member behind his or her back, it would be hard to trust each other and to obtain the cohesion in a team.

As a leader, it is my responsibility to ensure this does not happen.

I will ask each of them to talk directly to the person with whom they are having a difficulty.

직원이 다른 사람에 대해 불평을 한다면 리더로서 이렇게 하겠습니다.

팀원들이 뒤에서 다른 직원의 애기를 한다면 팀원들이 서로 믿고 단합할 수 없을 것입니다.

리더로서 이런 일이 생기지 않게 할 책임이 있습니다.

저는 각자 문제를 가진 사람과 직접적으로 말해보라고 요청하겠습니다.

팀 내 갈등 조정 25
팀원들 사이에 갈등이 생긴다면 리더로서 이렇게 하겠습니다.

I think it is important to be respectful of the self-respect of everyone involved in the conflict.

I can't judge fairly by hearing only one side of the story, so I will listen to all the arguments for both sides.

And then, I will implement the solution by getting acceptance from the persons involved.

팀원들 사이에 갈등이 생긴다면 리더로서 이렇게 하겠습니다.

갈등에 관련된 모든 사람들의 입장을 존중해주는 것이 중요하다고 생각합니다.

한쪽 말만 듣고 공정하게 판단할 수 없으니 양쪽의 의견을 모두 들어볼 겁니다.

그리고 나서 갈등의 당사자들에게 동의를 끌어내어 해결책을 실행할 것입니다.

팀 내 갈등 조정 26
팀원들 사이에 갈등이 생긴다면 리더로서 이렇게 하겠습니다.

First of all, I will identify the people who have a real stake in the matter.

Next, I will figure out the source of the conflict and implement the solution to each situation.

After checking the solution works properly, if not, I'll go through these steps again.

팀원들 사이에 갈등이 생긴다면 리더로서 이렇게 하겠습니다.

먼저 실제로 문제를 일으키고 있는 사람들을 찾아낼 것입니다.

다음으로 갈등의 원인을 찾아내서 상황에 맞는 해결책을 실행합니다.

해결책이 효과가 있는지 확인하는데 그렇지 않다면 이 과정을 다시 밟을 것입니다.

해결책 제안 27
동료 중 한 명이 대인 관계 기술이 부족해서 상
사로부터 대화 기술을 향상시키라는 말을 들었
습니다. 해결책을 이렇게 제시하겠습니다.

He could attend seminars to improve his
face-to-face communication skills.

By doing so, he could improve interpersonal
communication skills and demonstrate his
resolve to his manager as well.

Probably his willingness is going to be
reflected on the next performance review.

동료 중 한 명이 대인 관계 기술이 부족해서 상사로부터 대화 기술을 향상시키라는 말을 들었습니다. 해결책을 이렇게 제시하겠습니다.

그는 대인 의사소통 기술을 향상시켜주는 세미나에 참석할 수 있습니다.

이렇게 함으로써 대인 의사소통 기술을 향상시킬 수 있고 그의 상사에게 자신의 의지를 보여줄 수도 있습니다.

다음 번 업무 평가에서는 아마도 그의 의지가 반영될 것입니다.

해결책 제안 28
동료 중 한 명이 대인 관계 기술이 부족해서 상
사로부터 대화 기술을 향상시키라는 말을 들었
습니다. 해결책을 이렇게 제시하겠습니다.

He could turn to his co-workers for help.

He could ask co-workers especially, who he admires their interpersonal skills how they are comfortable with other people.

In another way, he could join groups outside the company and practice his face-to-face communication skills.

동료 중 한 명이 대인 관계 기술이 부족해서 상사로부터 대화 기술을 향상시키라는 말을 들었습니다. 해결책을 이렇게 제사하겠습니다.

그는 동료들에게 도움을 요청할 수 있습니다.

그는 특히 대인관계 기술이 좋다고 여기는 동료들에게 어떻게 다른 사람들과 편하게 지낼 수 있는지를 물어볼 수 있습니다.

아니면 직장 이외의 모임에 들어서 대인 의사소통 기술을 연습할 수도 있습니다.

업무 추진력 29
부서에 급한 일이 있는데 새 인원이 다음 주 월요일에 합류하기로 되어 있습니다. 정해져 있던 회의를 어떻게 할까요?

I will advance the schedule and meet with the new employee first thing on Wednesday morning.

Through the orientation, I will make him know the defined work rule and the standards of the team.

That way I can make him join the urgent work and contribute to the team's success.

부서에 급한 일이 있는데 새 인원이 다음 주 월요일에 합류하기로 되어 있습니다. 정해져 있던 회의를 어떻게 할까요?

계획을 앞당겨 수요일 아침에 제일 먼저 신입 직원을 만나겠습니다.

오리엔테이션을 통해 정해진 업무 규정과 팀의 기준 내용을 전달할 수 있습니다.

그렇게 하면 신입 직원이 급한 일에 참여하여 팀의 성공에 기여하도록 만들 수 있습니다.

업무 추진력 30
부서에 급한 일이 있는데 새 인원이 다음 주 월요일에 합류하기로 되어 있습니다. 정해져 있던 회의를 어떻게 할까요?

I won't wait until Monday because time is money when I work in the office.

I will shift back the schedule of the meeting because the work to be done is first.

Then, I will let him or her know that my team has an urgent thing to be completed and assign him or her tasks for the day.

부서에 급한 일이 있는데 새 인원이 다음 주 월요일에 합류하기로 되어 있습니다. 정해져 있던 회의를 어떻게 할까요?

직장 생활에서 시간은 금이기 때문에 저는 월요일까지 기다리지 않겠습니다.

처리해야 할 일이 먼저이므로 미팅 일정을 앞당기겠습니다.

그런 다음 우리 팀이 끝내야 할 급한 일이 있음을 알리고 당일 업무를 지시할 것입니다.
당신이 팀의 상사라고 합시다.

업무 실수를 줄이는 법 31
일할 때 실수를 피하기 위해 어떻게 했는지 설
명하겠습니다.

I always wanted to complete my tasks
accurately with close attention and carefully
control errors.

So once I had made the arrangements on
something, I set up a time to give other
team members feedback and check if I had
everything we needed.

I then followed this up with e-mails to them
with all the confirmed details.

일할 때 실수를 피하기 위해 어떻게 했는지 설명하겠습니다.

저는 항상 세심한 주의를 기울이고 신중하게 실수를 관리해서 제 업무를 정확하게 끝내기를 원했습니다.

그래서 저는 어떤 일이든 일단 잡히면 팀원들에게 피드백을 주고 필요한 것들이 되어 있는지 점검할 시간을 잡았습니다.

그리고 나서 바로 확정된 세부사항을 팀원들에게 이메일로 보냈습니다.

업무 실수를 줄이는 법 32
일할 때 실수를 피하기 위해 어떻게 했는지 설
명하겠습니다.

In my last position, I was responsibility for organizing all the meetings for managers.

I contacted them personally, listened carefully, and checked what they needed.

Finally, looking before I leap, I followed up with detailed e-mails to them to confirm that I had it right.

일할 때 실수를 피하기 위해 어떻게 했는지 설명하겠습니다.

지난번 직책에서 저는 매니저들을 위한 모든 회의를 조직하는 책임을 맡았습니다.

매니저들과 개인적으로 연락해서 그들이 원하는 것이 무엇인지를 주의 깊게 듣고 확인했습니다.

마지막으로 돌다리도 두드려봐야겠죠. 세부사항들을 이메일로 그들에게 보내 제가 한 것이 맞는지 확인했습니다.

업무 평가 관련 33
업무 고가에 만족하지 못했던 때를 설명하겠습니다.

My boss conducted performance reviews and my rating was lower than I had expected.

I asked him for regular feedback about my performance and I worked hard to meet the work standards.

After 6 months, my performance rating was much higher.

업무 고가에 만족하지 못했던 때를 설명하겠습니다.

제 상사가 업무 평가를 했는데 등급을 예상보다 낮게 매겼습니다.

저는 상사에게 정기적으로 업무에 대한 의견을 들었고 그러한 기준에 맞추기 위해 열심히 일했습니다.

6개월 후에 제 업무 고가는 훨씬 높아졌습니다.

업무 평가 관련 34
업무 고가에 만족하지 못했던 때를 설명하겠습니다.

When my performance review rating was lower than I had wanted, at first, I was very disappointed.

I thought to need a plan and set very specific targets to be met on a monthly basis.

Since then, I set high standards for myself and strived to meet these standards.

업무 고가에 만족하지 못했던 때를 설명하겠습니다.

제 업무 고가가 생각보다 낮았을 때 처음에는 많이 실망했습니다.

저는 계획이 필요하다고 생각해 매달 달성해야 할 아주 구체적인 목표를 세웠습니다.

그 이후로 저는 제 스스로 높은 기준을 세워 이러한 기준들을 맞추기 위해 노력했습니다.

업무 평가 관련 35
업무 평가에서 가장 많이 듣는 비판은 이런 겁
니다.

My manager told me that I should work more efficiently.

I did my projects well, but I spent so much time and effort on the project that I got stressed.

I'm glad that I received this criticism and now I try to work smarter.

업무 평가에서 가장 많이 듣는 비판은 이런 겁니다.

제 상사는 제가 더 효율적으로 일을 해야 한다고 말했습니다.

저는 프로젝트를 잘 해냈지만 프로젝트에 시간과 노력을 너무 많이 들여서 스트레스를 받곤 했습니다.

저는 그 비판을 기쁘게 받아들이며 좀 더 똑똑하게 일하기 위해 노력하고 있습니다.

업무 평가 관련 36
업무 평가에서 가장 많이 듣는 비판은 이런 겁니다.

I heard that I need to voice my opinions more frequently.

I usually liked to make suggestions, but I felt shy when I had to say in front of public.

Since then, I have practiced speaking in group meeting and now I feel more confident.

업무 평가에서 가장 많이 듣는 비판은 이런 겁니다.

저는 좀 더 자주 제 의견을 말할 필요가 있다는 얘기를 들었습니다.

저는 보통은 제안하기를 좋아하지만 여러 사람 앞에서 말해야 할 때는 수줍음을 탔습니다.

그 후로 저는 단체 회의에서 말하는 연습을 해왔고 지금은 자신감이 생겼습니다.

부록
Key Expressions

경력/업적 서술 표현

be in charge of ~을 담당하다
be responsible for 책임을 맡다
unique opportunity 독특한 기회
beneficial 유익한, 유용한
assist 돕다
conglomerate 재벌 기업
boutique 소규모 전문 업체
corporation 주식회사
largest company 대기업
major player 주요 업체
multinational company 다국적 기업
international company 국제 회사
great learning experience 훌륭한 학습 기회
strengthen 강화하다, 튼튼하게 하다
useful 유용한, 쓸모 있는
supervise 감독하다, 지도하다

build up practical experiences 실무 경험을 쌓다

build up hands-on experiences 현장 경험을 쌓다

step up to be project leader 프로젝트 리더로 나서다

part-time job 아르바이트

part-timer 아르바이트생

work as a temp 임시직으로 일하다

temporary job 임시직

permanent job 정규직

internship 인턴직

intern 인턴사원

perform internships 인턴십을 하다

work as an intern 인턴으로 일하다

apprentice 견습생

relevant skills 관련 기술

learn real work at the office 사무실[현장]에서 실무를 익히다

have confidence in ~에 자신감을 갖다

prepare myself for ~ 준비를 하다

work on ~을 애쓰다, 준비하다, 일을 하다

work for ~에서 일하다, 근무하다

plan on ~을 계획하다

assign (일, 책임을) 맡기다, 배정하다, 배치하다

administrative duty 행정 업무, 일반 관리 업무

make a large effort to do 많은 노력을 하다, 애쓰다

during the school breaks 방학 때

develop/enhance my ~ skills
~ 능력을 기르다

opportunity to do ~할 기회

enjoy my work 일을 즐기다

Personality 성격

punctual 꼼꼼한, 정확한
calm 차분한, 침착한, 냉정한
creative 창의적인
friendly 상냥한, 다정한
thoughtful 심사숙고하는, 사려 깊은 = deliberate
extrovert 외향적인, 사교적인 = outgoing
organized 정리정돈을 잘하는
straightforward 솔직한
hardworking 근면한 = diligent
inventive 독창적인
precise 꼼꼼한
deliberate 신중한, 심사숙고한
rational 합리적인, 이성적인
analytical 분석적인
amiable 붙임성 좋은
goal-oriented 목표 지향적인

optimistic 낙관적인
easygoing 태평스러운, 안이한
picky 까다로운
wishy-washy 우유부단한
big-hearted 아주 친절한, 너그러운
reserved 속마음을 드러내지 않는, 내성적인
have a ready tongue 말주변이 좋다 = have a way with words
be a poor talker 말주변이 없다
courageous 용감한
short-tempered 성미가 급한
serious 심각한, 진지한
honest 정직한
challenging 도전적인
levelheaded 분별 있는, 신중한, 침착한
unbiased 편견 없는
passionate 열정적인
determined 단호한

original 참신한

warmhearted 마음이 따뜻한

reliable 신뢰할 수 있는

adjust to ~에 적응하다

shy 수줍어하는

well matched to ~에 잘 맞는

sociable 사교적인

diligent 근면한, 부지런한

hardworking 근면한

honest 솔직한, 견실한, 성실한

scrupulous 세심한, 꼼꼼한

leading 인도하는, 선행하는, 뛰어난

conscientious 성실한, 꼼꼼한, 세심한

sensitive 민감한, 예민한, 섬세한, 감수성이 강한

outgoing 외향적인, 사교적인, 적극적인

people person 사교적인 사람

assertive 자기주장이 강한

determined 단호한

passionate 열의에 찬, 정열적인
self-critical 자기 비판적인 =
self-evaluative
balanced 균형 잡힌, 안정된, 침착한
active 활동적인
team player 팀플레이를 잘하는 사람